de L'amour malade

VERS
DV BALLET
DV ROY.

VERS DV BALLET DV ROY.

PREMIERE ENTRÉE.

Le Diuertissement fait la premiere Entrée, accompagné de quelques-vns de ses suiuants, qui composent vne Musique d'instruments.

LE ROY, *le Diuertissement.*

Les Sieurs Moliere, Beauchamp, De Lorge, Du Pron, Tissu, Hitier, Pinel, Pequigny, Garnier, Richard, Dalissan, Couperain, Martin le pere, Martin l'aisné, Martin le Cadet, La Marre, Varin, Sibert, & S. André, *Suiuants.*

Pour LE ROY representant *le Diuertissement.*

Vous a qui le chagrin déplaist infiniment,
Belles, qui n'auez rien que le plaisir en teste,
Vous ne sçauriez trouuer de Diuertissement
Qui soit plus agreable, & qui soit plus honneste:
N'en cherchez point vn autre, arrestez-vous icy,
Croyez qu'il n'en est point qui vaille celuy-cy,

Il est doux, & n'a rien qui lasse & qui dégouste;
Une Reyne apres tout de bon cœur le prendroit,
Mais la dificulté que j'y voy, c'est qu'il couste,
Et que l'on ne peut pas l'auoir comme on voudroit.

Au reste qu'vn Amant vous cause vne langueur,
Et qu'il tienne en secret vostre ame embarassée,
Ce DIVERTISSEMENT *vous l'ostera du cœur*
Et vous inspirera toute vne autre pensée:
Vous ne vistes jamais de changement si promt,
Vos feux seront esteints, vos chaisnes se rompront,
Il faut qu'à son pouuoir toute puissance cede;
Mais de peur d'vn abus qui vous seroit fatal,
Je ne vous répons pas aussi que le remede
Ne deuienne à la fin plus cruel que le mal.

II. ENTRÉE.

Deux Astrologues poursuiuis chacun par son propre malheur, taschent en vain par le moyen de leur Art d'attraper le bon-heur.

Le Duc Danuille, *le Bon-heur.* M. Barbau, & S. Fré, *Astrologues.* M. Coquet, & le Noble, *Malheurs.*

Le Duc Danuille, representant *le Bon-heur.*

SI ce n'est toujours malheur
Qu'aymer, c'est toujours douleur;

I'ayme,

I'ayme, & ſuis le Bon-heur *meſme,*
Parce que je croy qu'on m'ayme:
Helas! on m'ayme en effet;
Cependant ma peine monſtre
Que ſur terre on ne rencontre
Jamais vn Bon-heur parfait.

III. ENTRÉE.

Deux chercheurs de treſors ſont joüez par deux Eſprits folets, & enfin rudement battus par quatre Demons.

Le Comte de Seri, & M. de Raſſan, *Eſprits.*
M. Cabou, & le Sieur Beauchamp, *Chercheurs de Treſors.*
Le Marquis de Genlis. Les Sieurs Moliere, De Lorge, & Renald, *Demons.*

Pour le Comte de Seri, & M. de Raſſan, repreſentans *deux Eſprits folets.*

SOmmes nous pas brillans autant qu'on le peut eſtre?
Et vous qui nous craignez pendant l'obſcurité;
Ayans tant de juſteſſe & tant d'agilité,
N'apprehendez-vous point de nous voir diſpa-reſtre?

Pour le Marquis de Genlis, repreſentant *vn Demon.*

L*Es Dames ſans frayeur me trouuent ſur leur voye,*
Ma taille eſt aſſez belle & j'ay l'air aſſez bon ;
Auſsi le maſque ſeul empeſche qu'on ne voye
Par où je ſuis le plus Demon.

IV. ENTRE'E.

Quatre braues Galands ſe battent pour vne querelle arriuée en la conuerſation qu'ils ont euë auecque deux Coquettes.

Le Comte de S. Aignan, & le Sieur Langlois, *Braues.*
Meſſieurs Ioyeux, & la Cheſnaye, *Coquettes.*
M. Bontemps, & le Sieur Bruneau, *Braues Jaloux.*
Mademoiſelle Hilaire, & Mademoiſelle de la Planche, *Suiuantes des Coquettes.*
Chaumont, Ladorée, Des Griottes, Le Page, Bonard, & Broüard, *Pages.*
Ambroiſe, & Marteau, *Laquais.*

Pour le Comte de S. Aignan, repreſentant *vn braue Jaloux.*

A*Ymables Beautez, entre nous*
Je fais ſemblant d'eſtre Jaloux,
De cette paſsion j'ay l'ame dépourueuë,
Et ne l'a cognois que de veuë :

Mon cœur a toujours eu des ſentimens meilleurs,
Et ſur ce point là, comme ailleurs,
Je ſuis trop glorieux pour prendre de perſonne,
Mais volontiers je donne.

Pour deux Coquettes repreſentées par Meſſieurs de la Cheſnaye, & Ioyeux,

Q*Ve c'eſt vn ſot commerce ! & qu'on hait l'entretien*
De ces froides Beautez qui ne panchent à rien!
Deſirez-vous entrer dans l'ordre des Coquettes?
Ayez beaucoup d'Amans & les ménagez bien,
Voyla toutes vos preuues faites.

Chanſon des Coquettes.

I*l eſt vray nos charmes vainqueurs*
N'auroient pas trop de tous les cœurs,
Mille Amours nous ſuiuent ſans ceſſe;
Et l'embarras nous ſemble doux,
Quand il eſt cauſé par la preſſe
De ceux qui ſoupirent pour nous.

Nous aymons à vaincre d'abord,
Et n'eſt point d'amoureux tranſport
Contre qui noſtre humeur s'irrite:
Auſsi ſelon nos ſentimens,
C'eſt la preuue d'vn grand merite
D'auoir vn grand nombre d'Amans.

Chanſon contre les Ialoux.

QVe les Jaloux ſont importuns!
Et quel malheur d'eſtre reduite
A la mercy de ces Tyrans communs!
Qu'il couſte cher de les auoir ſoumis!
Puiſqu'on a toujours à ſa ſuite
Des Amans faits comme des Ennemis.

Jls ſont méchans & ſoupçonneux,
Jl n'eſt point de bonne conduite
Qui ne paraiſſe vn crime deuant eux.
Qu'il couſte cher, &c.

Dialogue des Coquettes contre les Ialoux qui ſe battent.

LA PREMIERE.

TOujours ces incenſez viennent mal-à-propos.

LA SECONDE

Toujours mal-aiſément leur caprice s'apaiſe.

LA PREMIERE.

Helas! ne ſçauroit-on ſoupirer en repos?

LA SECONDE.

Helas! ne ſçauroit-on s'entre aymer à ſon aiſe?

TOVTES DEVX.

N'accorde, Amour, trêue ny paix
A ces Amans nez pour déplaire,
La guerre eſt juſte & neceſſaire
Si les Ialoux y ſont deffaits.

Pour

Pour les Pages & les Lacquais des Ialoux & des Coquettes.

COquettes & Jaloux ont l'œil bien désillé,
Et leur suite doit estre en vigilance experte ;
Comme les Maistres sont à l'erte,
Le Train n'est pas moins éueillé.

V. ENTRE'E.

Vnze Docteurs, reçoiuent vn Docteur en asnerie, qui pour meriter cet honneur soustient des Theses dediées à Scaramouche.

Baptiste, *Scaramouche.*
Lerambert, *l'Asne Docteur dédiant sa These à Scaramouche.*
Du Moustier, Lambert, Geoffroy, la Barre l'aisné, Donc, Grenerin, Des-Airs le Cadet, Vagnac, Laleu, Bonnard, Broüard, *Docteurs.*

Pour Baptiste Compositeur de la Musique du Ballet, *representant Scaramouche.*

AVx plus sçauans Docteurs je sçay faire la loy,
Ma grimace vaut mieux que tout leur preambule;
Scaramouche en effet n'est pas si ridicule,
Ny si Scaramouche que moy.

VI. ENTRE'E.

Huit Chaſſeurs vont à la chaſſe auec des tambours.

Meſſieurs la Cheſnaye, Ioyeux, Cabou, & Barbau, les ſieurs Verbec, Doliuet. Feurier, & S. Fré.

Pour des Chaſſeurs à grand bruit.

EN Amour, quoy que pourchaſſe
Vn grand crieür, c'eſt ſans fruit;
Il faut bien pour cette chaſſe
Autre choſe que du bruit:
On ſe gliſſe, l'on s'écarte,
On attend patiemment,
Et l'on va tout doucement
De peur que le Gibier parte.

VII. ENTRE'E.

Deux Alchimiſtes veulent changer le mercure en argent, & le ſuccés impreueu de cette entrepriſe, donne occaſion à ſix Mercures qui paroiſſent de ſe mocquer d'eux.

Les Sieurs Beauchamp, & Donc, *Alchimiſtes.*
Le Comte de Seri, & le Marquis de Genlis, les ſieurs Renald, Dupron, la Marre, & Toury, *Mercures.*

Le Comte de Seri, *representant vn Mercure.*

QVe d'honneur à la beauté
Par qui je suis arresté,
D'auoir osé l'entreprendre!
Car de mon temperament,
I'échape à qui me veut prendre,
Et me fixe rarement.

Le Marquis de Genlis, *representant vn Mercure.*

VOus trouuerez en moy plus d'vne qualité,
De l'esprit, vn peu de bonté,
De l'addresse, & par interualle
Quelque lüeur de probité;
Mais d'y chercher de la beauté,
C'est la pierre Philosophale.

VIII. ENTRE'E.

Six Indiens, & six Indiennes basannez portant des Parasols pour se defendre du hasle.

Le Marquis de Villeroy. Messieurs Coquet, & Barbau. Les Sieurs Moliere, Langlois, & De Lorge. *Indiens.*

M. Bontemps. Les Sieurs S. Fré, le Noble, Verbec, Des-Airs l'aisné, Des-Airs le Cadet, *Indiennes.*

Pour les Indiens & les Indiennes portant des Parasols.

QVelle precaution peut-on mettre en vsage
Contre tant de Soleils dont on ressent l'ardeur,
Quand il ne s'agit plus de sauuer le visage,
Et qu'il est question de garentir le cœur?

IX. ENTRE'E.

Iean Doucet & son Frere voulant tromper quatre Bohemiennes.

Les Sieurs Hance, & Doliuet. *Iean Doucets.*
Messieurs de la Chesnaye, & Ioyeux.
Les Sieurs Lambert, & Geoffroy,
Bohemiennes.

Pour Iean Doucet & son frere, *voulant tromper des Bohemiennes.*

QVand vn homme fait le braue,
Et se croit en seureté
Pres d'vne aymable Beauté
Qui tasche à le rendre esclaue,
Et qu'elle employe à cela
Finement tout ce qu'elle a
De charmes & de jeunesse,
Il est comme Jean Doucet
Aupres d'vne Larronnesse
Qui foüille dans son goucet.

DERNIERE

DERNIERE ENTRÉE.

Vne Nopce de Village.

Concert champestre de l'Espoux.

Les Sieurs Obterre le pere, Obterre fils aisné, Obterre le cadet, Piechet, Brunet, Descousteaux, Destouches, Pelerin, Nicolas, & Alais.

Le Marquis de Villeroy, *L'Espoux.*
Le Duc Damuille, *L'Espouse.*

Le Macquis de Genlis, & M. Cabou,
Peres des Mariez.
Le Comte de Seri, & M. de Rassan,
Meres des Mariez.

Parens & Amis des Mariez.

LE ROY.

Le Comte de S. Aignan. M. Bontemps.
Les Sieurs Moliere, Verpré, Langlois, De Lorge, Bruneau, Des-Airs l'aisné, Des-Airs le cadet, Renald, & le Noble.
Les Sieurs Baptiste, & Beauchamp,

Le Marquis de Villeroy, representant *le Marié.*

ME voila donc Marié,
Mais veu ma taille & mon aage,
Rien ne sera décrié
Comme mon pauure mesnage,

D

Et comment me comporter
Pour ne pas tant meriter
Qu'on me foüette ou qu'on me gronde?
C'est vn fardeau qu'épouser,
Et s'il peze à tout le monde,
Ne doit-il pas m'écraser?

Pour le Duc Damuille, representant *la Mariée,*

FAire ainsi l'Espousée, est fort peu conuenable
Pour vn pauure Amoureux las de viure en garçon:
Dieu vueille qu'on en voye vne bien veritable
Qui soit de ma façon.

Pour LE ROY, representant vn des Parens & Amis des Mariez.

DAns nos campagnes il court
Vn bruit sourd,
Que tous les Beaux de mon âge
Dansent à ce Mariage
Non pas si bien que moy, mais de meilleur courage;
A son gré chacun discourt,
Et l'on en conte au Village
Quelquefois comme à la court.

L'Amy le plus apparent
Et Parent,
N'est point fasché ce me semble,
Toute Nopce se ressemble,
Et l'on voit sans chagrin les Mariez ensemble;
Pourquoy s'aller figurant
Que le nœud qui les assemble
M'incommode en les serrant?

Pour Monsieur le Comte de S. Aignan, *representant un des Parens & Amis des Mariez.*

NOus consentons librement
A ce que feront les autres,
Leurs volontez sont les nostres,
Et je jure hautement
De n'agir point autrement.

FIN DU BALLET.

www.ingramcontent.com/pod-product-compliance
Lightning Source LLC
LaVergne TN
LVHW050521160826
845677LV00004B/1251

* 9 7 8 2 3 2 9 6 2 5 1 7 1 *